Feeda.

Und das Land hinter den Worten

Natalie Nicola

Bibliografische Information der Deutschen Nationalbibliothek: Die Deutsche Nationalbibliothek verzeichnet diese Publikation in der Deutschen Nationalbibliografie; detaillierte bibliografische Daten sind im Internet über dnb.dnb.de abrufbar.

Illustration: Konstantin Banmann
www.kontinuum-art.de

Verlag: BoD · Books on Demand GmbH, In de Tarpen 42, 22848 Norderstedt.

Druck: Libri Plureos GmbH, Friedensallee 273, 22763 Hamburg

ISBN: 978-3-7557-3587-8

*Meinem vergangenen und zukünftigen
>Ich< gewidmet. Denn wir sind alle eins,
so unterschiedlich unsere Lebensaufgaben
in Raum und Zeit auch sein mögen.*

Inhaltsverzeichnis

Ein ganz "normaler" Dachboden

Pia Parcels Hände zitterten leicht. Das Schriftstück musste uralt sein.

War es ein Gedicht?

Sie hielt sich das Blatt noch einmal direkt vor die Nase. Die Buchstaben sahen aus, als wäre ein Insekt mit Tinte unter den Beinchen torkelnd, aber doch akkurat, über das Papier gelaufen. Sie verstand die Worte nicht. Und irgendwie doch. Auf jeden Fall konnte sie ihren Blick nicht mehr von dem Papier wenden, das da so laut in ihrer Hand lag. Die Schrift sah so vertraut aus. Und war ihr trotzdem fremd.

Sie sah sich um.

Alles war wie immer. Dort die verstaubten Regale und die alten Bilderrahmen, da die Kisten mit all den abgelegten Dingen, die aus ihnen hervorquollen. Alles war noch da.

Alles war wie immer.
Und doch anders.

„Mama, ich finde ihn nicht!" rief Pia halbherzig zur Dachluke hinüber. Die Geschichte, die sie gerade erlebt hatte, begann sich vor ihrem inneren Auge noch einmal zu entfalten. Sie sah sich selbst wie sie vor etwa einer halben Stunde bei der Suche nach dem alten Staubsauger von einem eigenwilligen, holzigen Geruch angezogen worden war. Als hätte sie nie etwas anderes getan, war sie im Halbdunkel direkt zu dem schiefen Regal auf der anderen Seite des Raumes hinübergegangen, das noch ihr Urgroßvater angebracht haben musste. Ganz oben, ja, in der obersten Regalreihe stand ein Karton.

Fast wäre Pia Parcel in die offene Kiste mit der Kaffeemaschine hineingefallen, als sie sich nach oben reckte, um den Karton zu erreichen. Eine kleine Staubwolke hatte sich gelöst und sie zum Husten gebracht, als sie ihn vorsichtig nach vorne zog und ins Innere schaute. Schwer war der Karton zu ihrer Überraschung nämlich nicht gewesen. Das Papier, das sie nun in ihren Händen hielt, war merkwürdigerweise das einzige gewesen, was darin gelegen hatte. Und es verströmte auch jetzt noch den wunderbaren Duft: so geheimnisvoll.

War das denn noch niemandem hier oben aufgefallen?

Mit immer noch klopfendem Herzen ging Pia jetzt wieder auf die Dachluke zu. Das Papier so fest wie vorsichtig in der Hand haltend, stieg sie rückwärts die schmale Leiter wieder hinunter.

„Hast du den Staubsauger nicht gefunden?" rief ihre Mutter besorgt, während sie mit dem Staubwedel über die Kommode im langen Flur fegte. Im Wirbel der Staubflocken, die im Licht vor dem Fenster aussahen wie tanzende Glühwürmchen, sah sie aus wie die Goldmarie im Märchen von Frau Holle. Nur, dass sie sonst eher aussah wie Schneewittchen, mit ihrem glatten, schwarzen Haar, das sanft schimmerte, fand Pia und lächelte. Die Mutter schaute ihre immer noch ganz still dastehende Tochter mit fragendem Blick an. Es war, als würde sie nie zur Ruhe kommen. Immer war da etwas, das unbedingt sofort gekocht, geschrubbt oder eben gestaubwedelt werden musste. Die schönen Perlenohrringe, die der Vater ihr zu Pias Geburt vor 13 Jahren geschenkt hatte, lagen ungetragen in einem Kästchen neben dem Bett.

Manchmal hatte Pia als Kleinkind danach greifen wollen, um das Kästchen zu öffnen, doch ihre Mutter hatte sie jedes Mal sanft, aber bestimmt davon abgehalten.

Pia gab sich einen Ruck:

„Nein, ich ... ich weiß nicht mehr, in welche Kiste wir den Staubsauger gelegt haben ...", stotterte sie los und sah ihre Mutter beschämt an. Diese seufzte:

„Dann werde ich wohl selbst raufklettern müssen ..." Pia fühlte für einige Moment die Enttäuschung in der Stimme ihrer Mutter. Doch dann fiel ihr das Papier wieder ein!

„Mama, ist das vielleicht von Großmutter?" Sie hielt ihrer Mutter, die sich jetzt den Putzeimer im Flur parat gestellt hatte, das alte Schriftstück direkt vor die Nase.

„Das riecht ja furchtbar!" Die Mutter wischte einmal, zweimal, dreimal mit dem Lappen in Richtung des alten Papieres. „Wirf das weg!" ergänzte sie in angewidertem Tonfall. Pia überlegte kurz, doch sie ließ nicht locker. Die Sache war ihr zu wichtig. Sie musste einfach nachhaken:

„Kannst du dich wirklich nicht erinnern? Weiß Papa vielleicht etwas?

Haben wir vielleicht eine Schriftstellerin in der Familie?", rief sie ihrer Mutter hinterher, die bereits wieder ins Wohnzimmer gelaufen war, um dort noch schnell ein paar Gläser zu polieren, die sie anschließend wieder in den Schrank stellte. Pia stand immer noch wie angewurzelt da.

Das Schriftstück ließ sie nicht los.

Sie konnte einfach nicht anders. Die Worte waren für sie wie eine Einladung. Eine Einladung, sich zu erinnern! Nur an was genau?

Sie verstand es einfach nicht. Es war, als würde sie die Person kennen, die diese Worte geschrieben hatte. Aber woher? Sie musste dem auf den Grund gehen. Vielleicht war es ja auch wichtig für ihre Eltern!

Der Geruch von Papier

In ihrem Zimmer angekommen, legte Pia das Schriftstück vorsichtig auf ihr Nachttischchen und zog dann die Kiste mit ihren Stiften und dem Papier ein Stück weit unter dem Bett hervor. Sie griff sich den Bleistift, der gleich vorne lag, aber die Mine war abgebrochen. Der zweite Stift, taugte auch nichts. Sie ließ das unbrauchbare Ding gleich wieder zurück in die Kiste fallen.

Doch da!

In der hintersten Ecke lag noch einer. Fast hätte sie ihn übersehen. Sie zog die Kiste ganz heraus, um an den kleinen, roten Bleistift heranzukommen.

Der schrieb!

Sie griff nach einem der fein säuber-
lich übereinander gestapelten Blätter
und ließ sich damit schwer auf das
frisch bezogenes Bett fallen. Ihre Mutter
hatte in der Zwischenzeit also auch hier
in ihrem Zimmer aufgeräumt. Dankbar
sog sie den Geruch frisch gewaschener
Bügelwäsche ein. Blumig frisch und für
einen Moment fühlte sie sich davon
sogar etwas benebelt. Sollte sie vielleicht besser etwas schlafen? Nein, sie
musste sich jetzt doch um das alte
Schriftstück kümmern!

Zunächst versuchte sie es mit dem
Verstand. Den Bleistift fest zwischen
die Zähne geklemmt, überlegte sie.

Doch es machte alles keinen Sinn!

Was hätte sie aufschreiben sollen?

Sie erinnerte sich nicht, dass irgend-
jemand in ihrer Familie jemals etwas
geschrieben hätte. Außer natürlich dem
Einkaufszettel. Sie schüttelte den Kopf,
um neu zu denken. Sie selbst schrieb
manchmal ihre Gedanken und Gefühle

auf eines der Blätter unter dem Bett. Wenn sie gerade niemanden zum Reden hatte, erzählte sie sich selbst dort das, was sie am Tag so alles erlebt hatte. Oder das, was sie sie sich vorstellte, erlebt zu haben! Oder das, was sie noch erleben wollte! Taten ihre Eltern das vielleicht auch? Oder hatte ihre Großmutter das vielleicht getan? Oder ihre Urgroßmutter? Der Gedanke gefiel ihr. Doch irgendwie konnte sie es sich auch nicht wirklich vorstellen.

Schrieben etwa alle Menschen heimlich?

Warum sprachen sie denn dann nicht darüber? Oder miteinander? Obwohl, das konnte sie sich leicht erklären. Sie selbst hatte oft das Gefühl, dass es keinen Sinn machte, anderen Menschen etwas zu erzählen. Die anderen hatten oft so viele Dinge zu tun oder sie hörten ihr auch gar nicht wirklich zu.

Ging das vielleicht allen Menschen so?

Sie seufzte. Sie fühlte sich zu klein, um daran etwas zu verändern. Und sie hätte auch Angst gehabt, andere nach deren Schreiben zu befragen. Stattdessen schaute sie wieder auf das alte Papier

All diese Schnörkel und Bögen. Sie war sich plötzlich sicher, dass das Schriftstück von einer Frau stammte. Sie traute es einem Mann nicht zu, so zu schreiben. Außer vielleicht einem Bildhauer wie Onkel Pit, aber der war wiederum nicht alt genug. Mit ihren Gedanken drehte sie sich im Kreis. Während sie so weiter darüber nachdachte und schon das Gefühl hatte, ihr Kopf würde zu rauchen beginnen, kratzte es plötzlich an der Tür.

„Schnurri …" seufzte Pia.

Widerwillig legte sie Papier und Stift zur Seite und lief über den bunten Flickenteppich zur Tür. Sie öffnete diese einen Spalt weit. Das Licht ihrer Leselampe leuchtete in den grünen Augen ihrer Katze auf.

„MAU ... MIAU ... MAU!" Es klang, als würde Schnurri Pia aufgeregt und unbedingt etwas erzählen wollen. „MAU ... MIAU ... MAU!" Wieder kratze sie mit ihren Krallen über das sowieso schon zerschlissene Holz der Zimmertür.

„Psssst!", zischte Pia, „Schnurri! Du darfst doch nicht ins Zimmer ..." Aber Schnurri sah sie jetzt nur aus noch verständnisloseren Augen an.

„Sie verliert zu viele Haare und das macht deiner Mutter zu viel Arbeit", betonte der Vater fast täglich beim Frühstück. Sobald er sie streng über die Zeitung hinweg anblickte, versank Pia hinter ihrer Müslischüssel. Sie hatte ein ziemlich schlechtes Gewissen deswegen, weil sie Schnurri, einem inneren Leitfaden folgend, doch immer wieder in ihr Zimmer ließ, wenn sie nicht aufhörte, zu kratzen. Und die Besuche der alten Katze häuften sich in letzter Zeit.

„Sie möchte doch auch nur ein Teil der Familie sein ...", murmelte sie dann jedes Mal leise, doch ihr Vater war schon wieder hinter der Zeitung verschwunden.

„Möchtest du noch etwas Milch, Schatz?", fragte ihre Mutter.

„Nein, danke ...", antwortete Pia. Die Mutter goss ihr Milch nach.

Kaum hatte Pia nun die Zimmertür einen Spalt weit geöffnet, kam das Familientier würdevoll, wenn auch bereits etwas wackelig auf seinen krummen Beinchen, ins Zimmer hineingestiefelt. Ausgiebig schmiegte Schnurri sich an Pias Waden an.

„Du hast auch gar nicht mehr so viele Haare ...", flüsterte diese mehr sich selbst zu als der Katze. Und sobald ihre Hände die samtweichen Büschel berührten, lösten sich die Schuldgedanken auf. Pia lächelte glücklich in sich hinein.

„MAU ... MIAU ... MAU", machte Schnurri wieder.

„Ich verstehe leider nicht, was du sagst ..." sagte sie, während sie der alten Katzendame beruhigend über den Rücken streichelte. Mit einem für ihr Alter überraschend sicheren Satz sprang diese jetzt auf das Bett. Pia setzte sich neben sie und erklärte ihr:

„Schau mal, dieses Papier habe ich oben auf dem Dachboden gefunden. Wer es wohl geschrieben hat?" Sie sah ihre Katze fragend an, doch anstatt ihr eine Antwort zu geben, kuschelte die sich seelenruhig an ihr Bein. Ein zufriedenes Schnurren war das nächste, was Pia hörte. Dann wurde der Atem tiefer. Die Bauchdecke des Tieres hob und senkte sich in regelmäßigen Abständen.

Es hob und senkte sich ...

Schnurri war der Familie zugelaufen als Pia noch ein Säugling gewesen war. Eines Morgens hatte die junge Katze vor der Tür gesessen und war einfach nicht mehr weggegangen. Die Eltern hatten beim örtlichen Tierheim Bescheid gegeben und immer wieder Aushänge gemacht, doch nichts. Die schwarze Katze mit den weißen Pfoten war geblieben. Eine echte Bindung hatten ihre Eltern zu dem Tier dennoch nie aufgebaut. Sie ernährten sie zwar, kauften ihr das Futter, das sie vertrug.

Was hätten sie denn sonst noch tun können?

Pia dagegen war schon als Kleinkind von Schnurri fasziniert gewesen. Wenn das Tier sie mit seinen grünen Augen ansah, hatte sie immer das Gefühl, dass die Katze ihr etwas sagen wollte … Doch die Eltern sagten ihr, sie habe einfach zu viel Phantasie.

Aber wo war sie stehengeblieben? Ach ja, bei ihrer Verwandtschaft! Pia begann, zu rechnen. Wenn ihre Mutter sich offensichtlich nicht mehr erinnern konnte, woher das Schriftstück kam, dann war das Papier wahrscheinlich viel älter als Pia sich das vorstellen konnte. Sie nahm sich vor, auch ihren Vater danach zu fragen.

Vorsichtig strich sie jetzt das Blatt glatt und schaute sich die Schriftzüge ein weiteres Mal genau an. Sie las den Inhalt, wieder und wieder, bis die verschnörkelten Linien irgendwann vor ihren Augen verschwammen. Sie setzte sich im Bett zurück. Schnurri schnarchte entspannt neben ihr. Die Uhr über der Tür tickte.

Schnurri atmete ein und aus, ein und aus, ein und aus, aus …

Vielleicht hatte es einfach keinen Sinn, dachte Pia und ihr Kopf schmerzte. Sie selbst wurde schließlich auch so oft nicht verstanden. Warum sollte sie dann andere verstehen können?

Und gar eine Schriftstellerin aus einer anderen Zeit?

Das Land hinter den Worten

Resigniert roch Pia noch einmal an dem alten Papier. Sie hatte nichts anderes erwartet als eine weitere Prise dieser holzigen Note, die sie ja auf dem Dachboden schon gerochen und die sie angezogen hatte. Doch jetzt, wo sie so müde vom Denken war, ließ sie sich ganz in diesen Duft hineinsinken. Er war die ganze Zeit schon im Zimmer umhergeschwebt, aber sie hatte nicht darauf geachtet. Der Wäschegeruch hatte sie abgelenkt. Doch jetzt, wo sie die Nase förmlich in das Papier hineinsteckte und diesen modrigen Geruch einsog, überkam sie wieder so etwas wie eine tiefe Freude.

Die Buchstaben begannen vor ihrem Gesicht zu tanzen, sie zerfielen, doch das war ihr jetzt nicht mehr wichtig. Pia lachte auf, sodass Schnurri vor Schreck kurz die Augen aufschlug und sie fragend ansah. Sie streichelte dem Tier über das verbliebene Fell am Bauch.

Warum wollte sie denn überhaupt immer alles unbedingt verstehen?

Kurz blinzelte Schnurri nochmal verschlafen. In ihren Augen blitzte etwas, das Pia als eine Art Zustimmung zu ihren Gedanken empfand. Ihre Eltern hätten wohl wieder gesagt, sie träume zu viel.

Doch die Bedeutung des Ganzen setzte sich jetzt neu vor ihrem inneren Auge zusammen. Plötzlich, ja, plötzlich war jede Frage egal, denn Pia fiel förmlich in ihre eigene Antwort hinein.

Sie fiel und fiel …

Und dann:

Halt.

„Wo, wo bin ich …?", fragte Pia ins Dunkle hinein. Gerade eben hatte sie noch auf dem Bett gesessen, das alte Schriftstück in der Hand und Schnurri neben sich. Jetzt war da anscheinend nichts mehr.

Pia griff nach ihrer Katze.

Da war nichts!

Alles, was vorhin noch um sie herum gewesen war, war weg. Selbst das Bett war weg, das Zimmer, das Haus. Sie war gefallen, gefallen … und dann … hatte sie gespürt, dass da jetzt etwas anderes war, das sie hielt. Nur was?

„Musst du das denn überhaupt wissen?" kam die Antwort sehr direkt und aus dem Irgendwo.

Pia rieb sich die Augen.

Sie schloss und öffnete sie wieder. Und dann, sie traute ihnen nicht, stand da ein kleiner, schwarzer Kater! Worauf er stand, das konnte sie beim besten Willen nicht erkennen. Sie sah nur, dass er weiße Pfoten hatte, ähnlich wie

Schnurri und dazu eine weiße Schwanzspitze, die zuckte als hätte er sie soeben in Farbe getaucht. Er schaute sie aus blitzenden, grünen Augen an.

„Ich, ich verstehe nicht …", stotterte sie. So sehr sie sich auch anstrengte, sie konnte nicht einordnen, wo sie hier gelandet war.

War sie denn überhaupt gelandet?

Sie spürte ja auch immer noch keinen Boden unter ihren Füßen. Und sie sah ja auch nichts unter sich.

„Du wirst es noch früh genug verstehen. Komm, ich bringe dich zu Feeda. Sie weiß, was zu tun ist!", sagte der Kater.

Pia zögerte.

„Wie soll ich dir folgen und worauf laufen? Hier ist doch nichts …", sie überlegte einen Augenblick und fragte dann unsicher: „Woher weiß ich, dass ich dir vertrauen kann?" Der Kater sah sie an. Freundlich, aber bestimmt.

„Das weiß ich nicht", sagte er dann.

„Aber ...?" Sie hatte definitiv mit einer anderen Antwort gerechnet.

„Vertraust du dir denn?", wieder sah der Kater sie eindringlich an.

„Ich, ich weiß nicht ..." Als der Kater jetzt nichts weiter sagte, sondern sich nur wieder hinsetzte, sie wusste immer noch nicht, worauf, schloss sie für einen Moment die Augen. Als sie sie wieder öffnete war der Kater immer noch da. Und er hatte wohl immer noch nicht vor, ihr eine Antwort zu geben. Er war dabei, sich in aller Gemütsruhe zu putzen. Jetzt hielt er inne und schaute sie wieder direkt an. Pias Hals war wie zugeschnürt. Sie spürte Tränen, drückte sie aber weg. Am liebsten hätte sie losgeweint. Sie hatte Angst und wollte zurück in ihr Zimmer.

„Erinnere dich", der Kater begann zu schnurren, erst leise, dann immer lauter. Es war eine Melodie, die ihr bekannt vorkam. Sie trug sie sanft, aber bestimmt zu der Frage, die sie innerlich in Aufruhr versetzte ...

„Wer ist Feeda?", sie sah dem Kater jetzt direkt in die Augen. Der hielt ihren Blick.

„So wird sie seit jeher genannt", erklärte er ihr. Die Ruhe des Katers machte Pia sprachlos. Doch irgendwie mochte sie ihn auch. Da war überhaupt nichts Falsches an ihm. Außer, dass er reden konnte vielleicht.

„Und was soll ich bei dieser Feeda?", motzte Pia dennoch los. Sie schluckte.

„Schließe die Augen", schnurrte der Kater. „Und erinnere dich:

... wie fühlt es sich an, barfuß über Gras zu laufen?

... wie klingt das Meer, wenn die Wellen sich am Felsen brechen?

... wie schmeckt der Wind, wenn er deinen Atem auffängt?

Dann weißt du, wer Feeda ist."

Pia blinzelte kurz, dann schloss sie die Augen. Sie atmete ein und aus, ein und aus, aus … Und jetzt, ja, da war etwas! Sie erinnerte sich, wie es war, barfuß über Gras zu laufen! Als kleines Kind hatte sie das immer so gerne getan. Und wie oft hatte man mit ihr gesagt, dass sie das lassen solle.

Sie mache sich nur schmutzig!

„Erinnere dich weiter …", der Kater schien ihr zuzuzwinkern. Moment, woher wusste sie, dass er gezwinkert hatte? Sie hatte die Augen schließlich geschlossen. Doch sie vergaß diese Frage sofort wieder; oder eher: sie rückte in den Hintergrund. Sie spürte jetzt Boden unter ihren Füßen.

Oder in sich selbst? Sie wusste plötzlich sicher, dass sie nicht weiter würde fallen können. Als sie die Augen wieder aufschlug, stand sie auf einer weiten Ebene. Es war eine Landschaft wie sie sie gewohnt war. Nur, dass hier offensichtlich Winter war.

Und Nacht.

Das Fell des Katers schimmerte silb-
rig-grau im Licht des Vollmondes. Der
Boden war karg und gefroren.

„Ich glaube, ich bin schon einmal
hier gewesen ...", sagte sie leise und
spürte eine Neugier in sich, wie sie sie
selten erlebt hatte.

Der Fluss der Gefühle

Mama machte sich immer so viele Sorgen. Aber sie fühlte sich hier sicher. Völlig sicher! Sie sah zu dem Kater und im Überschwang ihres Gefühls wollte sie zu ihm rüberlaufen, um ihn zu umarmen. Erst hatte es ihr ja Angst gemacht, nicht zu wissen, wo sie war, doch jetzt, jetzt ...

Klick.

Was war das? Da war doch ein leises Klicken zu hören gewesen? Sie sah sich um. Sie hatte es ganz deutlich gehört. Neugierig drehte sie sich um und das Mondlicht wies ihr den Weg.

An einer Stelle war tatsächlich ein winziger Riss in der Erde entstanden. Pia kniete sich hin.

„WOW!", staunte sie mit offenem Mund. Jetzt sah es der Kater auch. In Sekundenschnelle erhob sich ein feiner Stängel weiter nach oben. Ein einziges Blättchen wuchs daran, zusammengerollt wie ein Stück Pergamentpapier. Mit dem Zeigefinger berührte Pia es sanft. Sofort entfaltete es sich. Etwas stand darauf. Pia konnte es lesen:

„Willkommen", stand da.

Sie strich noch einmal vorsichtig mit dem Finger über das Pergamentblatt. Sie fühlte sich wie ein Kind, das gerade erst geboren worden war und seine Welt neu entdeckte. Es war jetzt wieder vollkommen still um sie herum. Doch es war eine absolut angenehme Stille. Und trotz der Kälte im äußeren, fror sie nicht. Ein neuer Boden unter ihren Füßen war da. Eine tiefe Zuversicht.

Ein Vertrauen, dass alles werden würde.

Sie hatte keine Angst mehr, sie war einfach nur DA.

Der Kater ging voran und Pia folgte ihm, in ihrer eigenen Geschwindigkeit. Sie freute sich über die Schönheit der Landschaft um sie herum. Immer mehr Pflanzen wuchsen dort und auch eigenartige Steine waren im Mondlicht zu sehen. Irgendwann hörte sie auf, zu staunen und Gedanken kamen in ihren Sinn:

Wo sind wir denn hier genau? Ist das Haus meiner Eltern weit entfernt? …

Sie sah zurück.

Der Kater wollte gerade etwas antworten, da hörten sie ein Rauschen in der Ferne.

„Wir sind fast da!", rief er und beschleunigte seinen Gang.

„He, warte! Ich habe dich was gefragt!", Pia blieb stehen und stemmte die Arme in ihre Hüften. „Ich gehe nicht weiter bis du mir sagst, wohin wir laufen!", rief sie missmutig. Die weiße Schwanzspitze des Tieres zuckte wie ein Pinsel, dem die Farbe ausging.

„Das kann ich dir nicht sagen. Du bestimmst doch den Weg ..."

„Aber du läufst doch voran!" Langsam wurde Pia jetzt richtig ärgerlich. Was sollte das? Wollte der Kater sie für dumm verkaufen?

„Pia, wir sind gleich an deinem Fluss. Lass uns noch ein Stück gehen."

„Ich will nach Hause!", sagte sie und begann zu schluchzen. „Niemand versteht mich ... Du mich auch nicht!" Der Kater setze sich sofort in Bewegung. Mit großen Sprüngen kam er auf sie zu und setzte sich direkt neben sie und begann, zu schnurren. Die Melodie schmiegte sich sanft an ihr Herz.

„Du bist nicht allein. Das warst du nie." Er schnurrte weiter. Und Pia schwieg.

Sie ließ den Kopf sinken.

Und dann weinte sie.

Sie weinte so lange wie noch nie in ihrem Leben. In der Ferne zog eine Waldmöwe ihre Kreise und sang das Lied.

Irgendwann, als keine Tränen mehr kamen, blickte sie auf und bemerkte, wie eine regelrechte Fröhlichkeit aus ihrem Inneren nach oben stieg. Ja, Pia fühlte sich wie von einer schweren Last befreit. Endlich hatte sie einmal darüber weinen können, dass sie dachte, dass sie niemand verstand! Da war jetzt dieser Kater, der einfach da war, der einfach mitfühlte, ohne ihren Gefühlsfluss zu beschränken.

„Hör auf zu weinen",

„Sei nicht traurig",

„Das gehört hier nicht hin" …

Solche Sätze hatte sie immer wieder gehört und sie für sich als Wahrheit übernommen. Und in Pia war eine Quelle versiegt. Sie hatte oft einfach gar nichts mehr in sich gespürt, sondern nur noch das gedacht, was man eben denken sollte. Sie hatte geübt, fast immer nach den Vorgaben anderer zu leben und ihre eigene Wahrnehmung gering zu schätzen.

Pia setzte sich hin.

Einfach so, auf den kargen Boden und nahm wahr. Niemand verbot es ihr hier. Der Kater ließ sie in Ruhe und war trotzdem DA für sie. Er stoppte ihre Tränen nicht, weil er wusste, dass alles werden würde.

„Ist es noch weit?", sagte Pia jetzt, gefasster.

„Nein. Wir sind ja schon mittendrin! Da vorne, siehst du?", er lief wieder zügig vor ihr her. Pia folgte ihm, langsam, aber bestimmt. Vielleicht war sie ja doch gar nicht so weit von zu Hause entfernt. Als die den Kopf reckte, sah sie es. Nein, sie hatte es vorhin schon gehört! Das Rauschen in der Ferne. Und jetzt war es überhaupt nicht mehr zu überhören. Sie folgten dem Ton, der Stimme des Flusses.

Sie gingen jetzt ganz behutsam, so, als müsse Pia sich erst wieder daran gewöhnen, ein fühlender Mensch zu SEIN.

Je näher sie dem Fluss kam, desto mehr entspannte sie sich etwas in ihr.

Die Schritte fielen ihr jetzt ganz leicht. Sie hüpfte fast. Sie war ein Luftballon, der über die Erde tanzte. Und dann sah sie ihn.

Er war wunderschön.

Im Morgenlicht glitzernd schlängelte sich der Fluss der Gefühle durch eine Gebirgskette, die sich bis weit hinein in das Land zog, das sie bisher noch nicht kannte. Der Kater hatte direkt am Ufer Platz genommen. Die Steine wirbelten das Wasser vor seinen Pfoten auf. Die Luft schwirrte vor Energie. Es war herrlich. Es fühlte sich am Wasser für Pia innerlich an wie eine sanfte Dusche. Und das ganz ohne nass zu werden!

„Meine Eltern sagen mir ständig, dass ich etwas nicht darf," erklärte sie dem Kater jetzt. „Zum Beispiel darf ich Schnurri, meine Katze, nicht in mein Zimmer lassen, weil sie zu viele Haare verliert. Und Schreiben, ja, schreiben kann ich auch nicht. Im Diktat bin ich immer total schlecht. Ich erzähle so

gerne Geschichten, aber die Lehrerin sagt, das kann ich mir abschminken …"
Erschrocken sah der Kater sie an:

„Aber du bist doch da, um kreativ zu sein!" Pia lachte über sein verdutztes Gesicht.

„Bin ich das?", fragte sie. Sie fühlte, wie Freude wieder durch ihren Körper rieselte. Es war dieses Mal eine feine, eine subtile Freude, aber so kraftvoll, dass es sie selbst erstaunte. Sie schaute auf das Wasser.

Ich bin zu Hause, dachte sie.

Tief einatmend lehnte sie sich an eine knorrige, alte Weide an, die ihre Äste zum Wasser hin reckte. Sie drehte sich mit dem Gesicht zu dem Baum.

„Alles geht vorbei", sagte sie leise und erkannte ihre Stimme dabei kaum wieder, so rau, aber liebevoll klang sie. Stille Tränen flossen über ihre Wangen und weiter wie ein Rinnsal an der Rinde der Weide entlang. Es tropfte auf ihre Wurzeln. Pia spürte ein leichtes Pulsieren im Stamm des Baumes.

Es war als würde auch der Baum zu neuem Leben erwachen. Die Freude über das Miteinander stieg nach oben, breitete sich in alle Äste aus. Pia fühlte es in ihrem eigenen Inneren widerhallen. Blattriebe kamen hervor. Sie wuchsen ähnlich schnell wie die Blätter der Pergamentpflanze, die sie zuvor auf der Ebene hatte wachsen sehen.

Oder hatte sie selbst sie etwa wachsen lassen?

Während sie zusah, wie der Baum mehr und mehr Blätter trieb, bemerkte sie erstaunt, dass auch diese Blätter aussahen, wie kleine Pergamentrollen. Was wohl darin stand? Vorsichtig berührte sie eines der Blätter mit dem Finger. Es rollte sich sofort auf und sie las:

„Danke!"

Pia strich dem Baum zärtlich über die Rinde, legte ihre Wange an den Stamm, atmete ein und aus, ein und aus, aus ...

Es fühlte sich so gut an mit dem Baum verbunden zu sein. Sie konnte sich nicht erinnern in ihrem Leben jemals so tief und zufrieden ge-atmet zu haben. Sie konnte ihr Glück kaum fassen! Dankbarkeit stieg in ihr auf. Eine vorher nie gekannte Ruhe durchflutete sie.

Endlich.

Langsam wurde es um Pia und den Kater herum immer heller. Am Horizont zeigte sich das erste, zarte Sonnenlicht. Pia packte eine Abenteuerlust, die ihr bisher völlig fremd gewesen war.

„Lass uns sehen, was uns hier in diesem Land begegnet!", rief sie, erhob sich zu ihrer vollen Größe und rannte los.

Der Kater blieb dicht hinter ihr.

Ein Impuls für dich, liebe Leserin, lieber Leser:

Gibt es etwas,
dass dich traurig macht?

Gibt es etwas,
worüber du dich ärgerst?

Gibt es etwas,
wofür du dankbar bist?

Gibt es etwas,
dass dir große
Freude macht?

Schreibe es auf …

Du kannst jeder Zeit an den Fluss der Gefühle zurückkehren.

Manfred Fuchs

Der Kater und das Mädchen erlebten eine wunderschöne Zeit der Fülle. Während sie am Fluss der Gefühle entlangwanderten, fanden sie die wunderbarsten Früchte, die sie alle essen konnten. Immer, wenn sie auf einen neuen Baum trafen, der noch nicht wirklich lebendig aussah, umarmte Pia ihn. Der Baum wurde wieder kräftiger und schenkte ihr zum Dank eine kleine Zeile. Es dauerte nicht lange bis Pia bemerkte, dass sie ziemlich gut darin war, Pergamentblätter mit weisen Sprüchen darauf wachsen zu lassen. Eine Stimme aus der Zeit bei ihren Eltern meldete sich in ihr zu Wort:

Daraus müsste doch etwas zu machen sein …

Wie oft hatten ihre Eltern ihr gesagt, dass alles seinen Wert haben musste. Und Geld, das war der Wert schlechthin! Vielleicht würde sie die Pergamentsprüche verkaufen können?

Ihre Eltern wären sicher stolz auf sie.

Je mehr sie darüber nachdachte, desto logischer erschien ihr dieser Plan. Sie hörte dem Kater kaum mehr zu, wenn er Melodien schnurrte. Auch die wunderschöne Landschaft nahm sie kaum mehr wahr, außer mit der Frage, wie sie damit am besten und schnellsten reich werden könnte. So wie die Prinzen und Prinzessinnen in den Märchen, die sie gelesen hatte!

Und eines Tages, sie hatten gerade die süßesten Brombeeren gegessen, die Pia jemals probiert hatte und Pfirsiche mit Marzipangeschmack, die in langen Reihen über die dunkelgrünen Büsche hingen, da flog ein Tier heran, das ihnen bisher noch nicht begegnet war. Es trug Hut und Krawatte.

„Hallo, Verlegereule Manfred Fuchs
mein Name." Er breitete die eleganten
Schwungfedern wie zum Gruß aus.

Der Kater fauchte. Pia warf ihm
einen wütenden Blick zu.

„Still!", zischte sie zwischen den
Zähnen. „Lass' Herrn Fuchs doch aus-
sprechen!" Zum ersten Mal wünschte
sie sich, alleine hier zu sein. Schnell
hakte Pia nach, denn sie witterte ihre
Chance:

„Verlegereule, sagen Sie? Das ist ja
interessant! Ich habe gerade daran
gedacht, Autorin zu werden ..."

„Ja, ja, dann lassen Sie uns über die
Konditionen sprechen. Mir ist zu Ohren
gekommen, dass Sie recht schöne Texte
verfassen?" Manfreds Ohren, die seit-
lich unter dem klassischen Herrenzy-
linder hervorlugten, wackelten aufgeregt, doch wie bei einem Mann von
Welt: nicht zu euphorisch.

Vielleicht war es ja gar nicht wahr,
was man über das Mädchen erzählte ...

„Das stimmt. Erst neulich habe ich eine Amsel zum Weinen gebracht", sagte Pia und nahm eine sehr aufrechte Haltung ein. „Ich kann die Bäume umarmen und dann schenken sie mir die Texte. Einfach so!"

Sie war so richtig stolz.

„Schöön, schöön" sagte die Eule und ihre Augen leuchteten fiebrig. „Zeigen Sie mal her." Mit ihren langen Klauen riss sie Pia die neuesten Blattpergamentrollen, die sie aus ihrer Tasche zog, ungeduldig aus den Händen. Manfred Fuchs rückte seine Brille zurecht und las:

„Ja … ja … jaja … ja!" Die Augen der Verlegereule wurden immer größer. Als sie bemerkte, dass Pia sie aufmerksam ansah, formte sich Manfreds Augen zu kleinen Schlitzen. Er fuhr sich mit dem Flügel über den Schnabel. „Nunja, hmm, hmm, ganz so schlecht sind die Texte nicht … aber ich brauch MEHR davon!", mit einem Rascheln schlug er sich den Flügel ganz über den Schnabel und räusperte sich. „Ähm … Pardon. Ich meinte, wie schnell könnten Sie denn liefern, mein wertes Fräulein, wenn es Ihnen beliebt? Zwei Texte pro Tag? Ich zahle Ihnen 5 PET-Coin pro Woche, wenn Sie rechtzeitig da sind." Pia beeilte sich, den Konditionen zuzustimmen. Es war schließlich ihr erster Job und sie wollte nicht riskieren, dass die Eule wieder absprang.

„Abgemacht!" rief sie also schnell und Manfred reichte ihr galant seine vordersten Schmuckfedern.

„Diese Texte hier nehme ich gleich mit. Bis Freitag können sie mir die nächsten bringen! Ich erwarte sie pünktlich um 15 Uhr. An der Buche 4." Die Verlegereule Manfred Fuchs rückte Krawatte und Hut zurecht. Dann fischte sie ihre Visitenkarte aus der Seitentasche und übergab sie Pia. Diese wusste zwar noch nicht wie sie das alles schaffen sollte, denn sie hatte ja noch nie einen Zeitplan gehabt, wenn sie mit den Bäumen ihre Texte kreierte, doch es musste einfach gelingen!

Wie sollte sie den sonst erfolgreich werden?

„Ich empfehle mich", mit wichtiger Miene und einem Kopfnicken verabschiedete sich die Verlegereule Manfred Fuchs von dem Mädchen. Den Kater würdigte sie keines Blickes. Vielleicht hatte sie ihn auch gar nicht wahrgenommen?

Etwas schwerfällig, da ihr die Aktentasche beim Übergeben der Karte zu weit über den Flügel gerutscht war, erhob sich die Verlegereule in die Lüfte und flog davon.

Pia schaute Manfred Fuchs noch lange nach und dann auf das Schriftstück in ihrer Hand.

Dort las sie:

„ELF" -
Erfolgreiche Literatur Formate

Genug geträumt.
Sie musste sich beeilen.

Das verschlossene Herz

"Dem würde ich am liebsten seine Schmuckfedern ausreißen!", knurrte der Kater. "Pia, du hast dich verkauft! Du hast uns verkauft!", er sah sie an. Doch Pia erwiderte seinen Blick nicht.

"Du gönnst mir nur meinen Erfolg nicht!" sagte sie und spürte, wie sich ihr ganzes Wesen bei dieser Aussage zusammenzog. Sie drehte sich auf dem Absatz um und machte sich sofort an die Arbeit. Schließlich mussten die Texte ja fertig werden! Sollte der Kater doch bleiben, wo er war. Sie, Pia, brauchte sowieso niemanden. Das Herz tat ihr weh bei dem Gedanken, doch sie wollte es schaffen. Sie wollte ihren Eltern eine Freude bereiten. Sie wollte eine gute, eine erfolgreiche Tochter werden.

Sie wollte …

Mit Groll im Magen stand sie am nächsten Morgen sehr mühsam auf und ging zu einem der Bäume, die nah am Flussufer wuchsen. Sie setzte sich hin und dachte nach. Die Waldmöwe flatterte aufgeregt um Pia herum:

„Feeda wartet auf dich!", meinte sie sie rufen zu hören. Doch sie verscheuchte diesen schönen Klang aus ihrem Inneren. Dafür hatte sie jetzt keine Zeit! F E E D A … Wer sollte das schon sein? Was konnte sie, was sie, Pia, nicht konnte?

Ich brauche Texte, schnell!, spornte sie sich selbst an.

Sie und der Kater waren wie durch eine unsichtbare Wand getrennt. Wie mechanisch legte sie dem Baum Dankbarkeit zu Füßen, um Pergamentblätter wachsen zu lassen. Doch es klappte nicht. Sie verstand die Welt nicht mehr und fühlte sich nicht nur vom Kater, sondern jetzt auch von den Bäumen ungerecht behandelt. So ungerecht, dass sie dem Baum erstmal einen Tritt verpasste. Im nächsten Moment tat es ihr leid. Und sie fühlte sich noch schlechter ...

Am Freitagmorgen hatte sie immer noch kein einziges neues Pergamentblatt in der Hand. Und die Uhr stand schon auf 11!

Was sollte sie nur tun? Wenn die Bäume ihr die Mitarbeit verweigerten, dann musste sie die Texte eben selbst schreiben. Sie quetschte ein paar Tintlinge aus, füllte alles in eine halbe Nussschale und wollte gerade beginnen, ein paar Sätze zu schreiben. Da hörte sie den Kater. Ganz behutsam kam er näher und setzte sich mit etwas Abstand neben sie. Während er sie ansah, begann er, ganz leise zu schnurren. In den letzten Tagen hatte er ihren Wunsch respektiert, alleine gelassen zu werden. Er hatte einfach ganz ruhig am Fluss gesessen. Doch nun hatte er ihre zunehmende Panik gespürt.

Hatte sie ihn vielleicht doch um Hilfe gebeten? Die Verbindung war sehr schwach, doch tief im Herzen spürte er sie. Pia bemerkte sie allerdings nicht. Oder sie wollte sie nicht bemerken, weil sich ihr Herz sonst geweitet hatte.

Nur nicht schwach werden!

Sie zog die Stirn kraus und arbeitete angespannt weiter an ihren Texten. In Gedanken war sie bei den Gedanken, die sich die Verlegereule Manfred Fuchs über sie machen könnte, wenn sie ihre Texte nicht pünktlich lieferte!

Sie würde sich blamieren!

Was würden ihre Eltern sagen?

Und ihre Lehrerin sowieso ...

Das Herz klopfte ihr jetzt bis zum Hals. Es hatte überhaupt keinen Platz mehr, um sich in ihrer Brust auszudehnen. Fast wollte es hinausspringen!

Der Kater wartete noch einen Moment, zögerte und dann tat er etwas, das er sonst nicht tat. Er legte seine Pfote an ihre Hand.

Und es war wie ein Blitz!

Pia zog die Hand weg, die wackelige Nussschale kippte und das blaue Gebräu floss über das gesamte Blatt, das sie sich so sorgfältig zurechtgelegt hatte. Es war so eine mühsame Arbeit gewesen, das Material überhaupt glatt genug zu bekommen, um darauf schreiben zu können. Pia war völlig außer sich:

„Du blödes Tier!" All die Wut über sich selbst, die sich in den letzten Jahren in ihr angestaut hatte, kam mit einem Mal hervor. Sie schrie: „Jetzt war die ganze Arbeit völlig umsonst! Geh weg! Solche Freunde brauche ich nicht!", rief sie scharf. Die großen, grünen Augen vor Angst geweitet, sah der Kater sie nur an. Seine ehemals weiße Pfote war voller blauer Farbe und sie zitterte leicht.

Etwas war außer Balance geraten.

Er torkelte förmlich zum Fluss, kraftlos. Seine weiße Schwanzspitze zuckte. Dann blieb sie stehen. Der Kater wurde durchsichtig, dann löste er sich auf.

Ohne etwas vom Verschwinden des Katers mitzubekommen, schaffte Pia es, einige Zeilen für Manfred Fuchs auf das Papierblatt zu kritzeln.

Als sie dieses gerade noch pünktlich bei „ELF" abgegeben hatte, sank sie schließlich völlig erschöpft in ihrer Waldkuhle zusammen.

Sie musste schlafen.

Sie fühlte Kälte in sich aufsteigen, obwohl es Sommer war. Sie kroch förmlich in sie hinein. Die Landschaft um sie herum berührte sie nicht. Alles war ihr egal. Auch der Kater.

Sollte er doch bleiben, wo er war!

So ging es einige Wochen.

Jeden Freitag gab sie pünktlich um 15 Uhr ihre Texte an der Buche 4 ab.

Immer schwerer fiel es ihr, überhaupt noch aufzustehen und Worte zu finden, die sie auf die Papierblätter schreiben konnte. Und diese Worte klangen so dumpf, so hohl …

Der Fluss der Gefühle begann, zu versiegen. Es war kaum noch Wasser im Flussbett zu sehen. Doch sie hatte der Verlegereule Manfred Fuchs ja ihr Versprechen gegeben!

Feeda

„Ach, diese Texte sind ja allerliebst!" …

Die Vögel, die der Einladung von „ELF" gefolgt waren, unterhielten sich angeregt in der Pause. Einer kam gerade mit ein paar Beeren und Nüsschen zum Knabbern um die Ecke.

Gezwitscher.

Es war also wieder so weit.

Eine Lesung stand an.

Manfred Fuchs hatte fast den gesamten Wald dazu eingeladen. Pia fühlte sich mit dem vielen Schmuck, den sie der Elster vom Erlös für ihre Texte abgekauft hatte, nicht so recht wohl. Doch eine Autorin musste schließlich auch nach etwas aussehen! Das hatte ihr Manfred Fuchs schnell beigebracht. Die Verlegereule selbst war immer ordentlich gekleidet. Das fand Pia gut. Doch manchmal hatte sie auch das Gefühl gehabt, dass etwas an seinem Ansatz nicht stimmte.

Was bloß aus dem Kater geworden ist?

Pia schluckte und drückte den Gedanken, der mit einem Unwohlsein verbunden war, erfolgreich weg. Schluss mit diesen Sentimentalitäten, sagte sie sich streng. Schließlich wurde sie für ihr Schreiben nun bewundert, ja, gelobt!

Es war eine Genugtuung für sie.

Egal, wohin sie kam, man sprach mit ihr über ihren Berufsstand, unterstützte sie durch kleine Gaben oder sogar feine Einladungen zum Essen mit bekannten anderen Autorinnen und Autoren. Und doch, da war er immer wieder, dieser kleine Stich in ihrem Herzen ...

„Geht es Ihnen nicht gut?", flüsterte die Verlegereule. Besorgt schaute sie auf Pia, dann auf die Uhr. Ohne die Antwort abzuwarten, rückte Manfred Fuchs seine Krawatte zurecht, streckte einmal die Federn und räusperte sich. „Meine Damen und Herren, ich präsentiere Ihnen hiermit einmal wieder die Künstlerin Pia, mit ihrem jüngsten Text: „Aprikosenmarmelade, die mag ich, ja, ja, ja." Ich wünsche Ihnen viel Spaß!" Er ging mit gemessenen Schritten von der Bühne.

Von allen Seiten kam Applaus und jetzt war es Pia, die sich räusperte. Für Traurigkeit war doch jetzt überhaupt keine Zeit! Doch kalter Schweiß breitete sich in ihr aus. Ihr Herz wurde wieder immer enger, aber vor lauter Wollen bemerkte sie es nicht. Sie musste einfach funktionieren! Sie kämpfte!

Für ihren Erfolg!

Als sie für einen Moment aufschaute, sah sie eine Frau im Publikum. Sie saß ganz ruhig da und lächelte mit einer Milde, die Pia noch nie gesehen hatte. Es war, als würde die Sonne selbst sie ansehen.

Klick.

Eine Wand in Pias Herzen war aufgebrochen. Etwas LICHT drang zu ihr hindurch. Sie spürte, wie sich etwas in ihr zu befreien begann.

Was war das?

Sie konnte plötzlich wieder freier atmen und ihren Text fehlerfrei bis zum Ende vortragen. Viel wichtiger war ihr aber etwas ganz anderes.

Sie hörte den Applaus der Vögel kaum, die „Zugabe"-Rufe prallten an ihr ab. Tief in ihrem Herzen war ihr klar geworden, dass sie dem Kater unrecht getan hatte, vor allem aber auch, dass sie die sprudelnde Leichtigkeit in sich vermisste, der sie im Land hinter den Worten für einige Momente begegnet war:

Immer dann, wenn sie sich mit den Bäumen verbunden gefühlt hatte.

Immer dann, wenn sie mit dem Kater einfach am Fluss gesessen hatte.

Immer dann, wenn sie dem Lied der Waldmöwe gelauscht hatte.

Als sie spätabends wieder zu ihrer Waldkuhle zurückkam, saß am Ufer des fast ausgetrockneten Flusses eine Frau. Ihr langes, lockiges Haar wehte leise im Wind. Sie hatte ein Feuer entzündet. Wie magisch angezogen ging Pia näher heran. Die Frau war ihr fremd und gleichzeitig so vertraut ... Sie konnte einfach nicht anders. Sie ging näher und näher heran. Eine Stimme in ihr versuchte, sie davon abzuhalten. Sie wollte doch nicht wieder enttäuscht werden!

„He, wer sind Sie?", rief sie daher skeptisch, während Tränen der Rührung über ihre Wangen liefen. Die Angesprochene wendete sich ihr zu. Es war die Frau aus dem Publikum.

„Komm gerne näher", sagte sie in einem Tonfall, der Klang wie das Rauschen des Meeres selbst.

Klick.

Pia ging einen Schritt weiter auf die Frau zu.

Ihr Gesicht war jung und gleichzeitig uralt. Ihre Augen leuchteten wie zwei tiefblaue Seen, ihr Haar schimmerte in allen Regenbogenfarben. Und auf ihrer Schulter, ja, auf ihrer Schulter saß sie, die Waldmöwe!

„Kind, wo bist du gewesen?", sagte die Frau jetzt. „Fürchte dich doch nicht vor mir. Alles, was ich war und noch nicht bin, liegt in dir!"

Klick.

In diesem Moment erinnerte Pia sich. Auf einer tieferen Ebene erinnerte sie sich. Sie sank auf die Knie. Ihr Herz kannte keine Zeit! Keine Trennung!

Pia hatte gar nicht bemerkt, dass sie inzwischen direkt vor der Frau stand.

Die Waldmöwe gab einen zufrieden brummenden Laut von sich.

„Feeda!", lachte Pia und ließ sich vom Kämpfen müde dankbar in ihre ausgebreiteten Arme fallen.

Das Haus bewohnen

Während Feeda das Feuer in den nächsten Tagen hütete, nahm Pia innerlich die Verbindung zu sich selbst und zu all den Bäumen und Steinen um sie herum langsam wieder auf. Und je mehr ihr Herz sich weitete und weitere, desto mehr Wasser führte der Fluss.

Was hatte sie doch alles nicht fühlen wollen? Da war noch so viel, was nun seinen passenden Weg in den Ausdruck finden wollte.

In der Nacht hatte Pia einen Traum. Sie stand vor einem Haus und wusste, dass sie es schon einmal gesehen hatte. Doch sie war nicht durch den Zaun hindurchgekommen, der das Grundstück umgab.

Sie suchte jetzt wieder nach einem Schlupfloch hinein, fand aber keines. Sie wunderte sich darüber, wie verzweifelt sie immer wieder einen Eingang finden wollte, aber keinen fand. Angst lag als ein breiter Schutzwall zwischen ihr und dem Gebäude, dessen Fenster nicht erleuchtet waren.

Sie erwachte halb und lag auf der von der Sonne goldgelb beschienenen Wiese, ihre langen Haare ausgebreitet, als würden sie zum Gras gehören. Als wären keine Übergänge mehr da.

Tiefe Freude durchströmte sie. Gleichzeitig konnte sie die alte Angst, die Enge in ihrem Herzen, von der sie geträumt hatte, weiterhin beobachten. Sie lag einfach weiter da. Alles war still um sie herum. Ihre Gedanken zogen wie ein leichter Nebel an ihr vorbei. Wabernd, sich zusammenziehend, sich ausdehnend ... Sie pustete und schob alles mit dem Atem davon. Innerlich lachte sie, erst als Kind; dann als Baby:

Im Bauch der Mutter.

Eine Zwillingsschwester atmete neben ihr. Ruhig und gleichmäßig.

Sie spürte hin.

Sie erkannte alles in sich selbst.

Sie beobachtete diesen Rückblick durch alle Zeiten hindurch. Halbwach.

Sie fühlte sich wohl. Es war warm.

Gelassen der gemeinsame Herzschlag. Der Puls der Erde. Sie war DA.

Und mit einem Mal wurde ihr bewusst: Sie selbst war dieses leere Haus, das sie hatte betreten wollen!

Sie dämmerte wieder weg ...

Das Bild vom Haus erschien vor ihr. Vorsichtig ging Pia näher heran. Der Zaun war weg. Der Pfad zur Eingangstür lag offen vor ihr. Sie konnte das Haus nun problemlos betreten. Sie erwachte von den Tränen, die still über ihre Wangen liefen. Etwas in ihr war wieder ins Fließen gebracht worden.

Sollte sie Feeda davon erzählen? Was würde diese bloß von ihr denken? Im gleichen Moment bemerkte sie, wie absurd dieser Gedanke war. Feedas LIEBE war nicht von irgendwelchen Bedingungen abhängig. Und ihre Erfahrung im Traum war vielleicht auch für andere dienlich. Pia gab sich einen Ruck.

Sie ging zum Fluss der Gefühle.

Feeda saß immer noch dort und hütete das Feuer.

Pia setzte sich still zu ihr. Sie atmete einmal ein und aus, einmal ein und aus, aus …

Und dann, dann erzählte sie Feeda ihre Geschichte, wie sie noch nie zuvor jemandem etwas erzählt hatte. Sie erzählte, wie sie auf dem Dachboden ihrer Eltern das Papier mit der rätselhaften Schrift gefunden hatte, wie sie in das Blatt hineingefallen und im Land hinter den Worten aufwacht war. Sie erzählte wie sie zum Fluss der Gefühle gewandert war, von ihren Erfahrungen mit dem Schreiben und wie sie ihre Texte an die Verlegereule Manfred Fuchs verkauft hatte und sich deshalb mit einem Kater zerstritten hatte.

Immer wieder hielt sie kurz inne, um wahrzunehmen, was jetzt dran war.

Sie sprach bei allem, was sie sagte, aus dem Herzen, versteckte nichts vor Feeda. Und diese hörte ihr nicht nur zu, sie verstand sie auch. Und zwar ebenfalls mit dem Herzen. Die Intuition war zu Pia zurückgekehrt und der damit einhergehende Mut, einander wirklich begegnen zu wollen.

„Und das hast du getan. Ich bin sehr, sehr stolz auf dich", sagte Feeda und zwinkerte ihr zu. „Du baust damit eine Brücke zwischen den Welten. Vielen Dank!" Sie gab Hannelore, die auf ihrer Schulter saß und in ihrem tiefen Ton leise vor sich hin tönte, eine Erdnuss. Die Waldmöwe schmiegte ihren Kopf zärtlich an Feedas Hals.

Pia lachte.

In diesem Moment fühlte sie einen sanften Zug am linken Bein.

Der Kater! Er war wieder da! Sein Fell glänzte in gleißendem Licht. Sie wollte glücklich nach ihm greifen, um ihn endlich einmal in die Arme zu schließen, ihm sagen, wie sehr sie ihn vermisst hatte, doch da verschwamm mit einem Mal alles vor ihren Augen.

„Hab keine Angst, ich vergesse dich nicht!", hörte sie ihn noch rufen. Es klang wie eine bekannte Melodie aus der Ferne. Sie hallte noch lange in ihrem Herzen nach.

Als sie die Augen aufschlug, saß Pia Parcel auf ihrem Bett, das Papier in der Hand und Schnurri schnarchte neben ihr.

Sie streichelte Schnurri über das Fell, die ein Auge öffnete und sie nur müde ansah. Sich selbst die Augen reibend, nahm Pia das Pergament noch einmal in die Hand. Die Schrift war ihr jetzt so vertraut, dass sie sie lesen konnte.

Sie las:

Wenn niemand in meiner Umgebung,

meine innere Welt und Wahrnehmung

zu verstehen scheint,

es keinen Platz gibt,

für mich und meinen Ausdruck,

dann finde ich auf den leeren Seiten vor mir

einen Raum,

um sie vor mir selbst auszubreiten

und daran zu wachsen.

Eines Tages wird vielleicht ein Mensch

das Wesen meiner Worte erspüren,

damit in Resonanz gehen

und Bewusstsein zum Leben erwecken.

Auf seine eigene Weise.

Und ein neues Miteinander darf entstehen.

Langsam stand Pia auf und ging zum Fenster.

Habe ich das alles nur geträumt?

In diesem Moment entdeckte sie einen bunten Federflaum auf ihrem Pullover.

„Hannelore!", lachte sie.

Na klar, das war ein Zeichen!

Eine Antwort.

Auf eine seltsame Art und Weise war alles wahr gewesen ...

Sie ging wieder zu ihrem Bett, legte das alte Blatt Papier in die Kiste zu den anderen, die sie geschrieben hatte ... Irgendwann würde sie Schriftstellerin werden. Eine Schriftstellerin DIESER Zeit.

Schnurri hob erneut den Kopf und sah sie mit jetzt funkelnden Augen an.

Pia lächelte.

Sie war bei SICH angekommen.

Über die Autorin

Als Freie Lektorin & Präsenz-Trainerin unterstützt Natalie Nicola seit ihrem Studium der Germanistik, Anglistik und Biogeographie Menschen dabei, sich SELBST auf einer tieferen Ebene zu begegnen und aus der Gegenwärtigkeit heraus das wahre Wirken authentisch in die sichtbare Welt zu entfalten.

Schreiben ist für sie seit vielen Jahren ein Weg in die Bewusstwerdung dessen, was rein über den Verstand nicht zugänglich wäre. Unter den Zwiebelschichten alter, zu eng gewordener Identifikationen liegt ein unverletzter Wesenskern ...

Du willst dahin aufbrechen? Dein innerstes Anliegen mit GELASSEN-HEIT ins Leben zu bringen?

www.waldmöwe.de

Insta: @waldmoewe_owl

Über den Illustrator

Konstantin Banmanns Berufung stand schon früh fest:

mit Bildern Geschichten erzählen – Verborgenem, Visionärem und Schönem einen Raum geben. Seine Intuition als Künstler verbindet er beim Umsetzen von Büchern mit der grundsoliden Umsetzungsfähigkeit eines Mediengestalters für Druck und Design.

„In einer Welt, in der wir durch KI und Co. Mit visuellen Reizen bombadiert werden, ist es mein Anliegen, dass wir durch handgemachte Kunst einen inneren Raum wiederfinden und das Wertvollste aus uns selbst heraus sichtbar werden lassen."

Mehr über seinen Aufbruch:

www.kontinuum-art.de

Insta: @kontinuumart